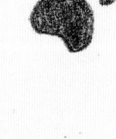

PAULO VALENTE

pedro e a onça

ilustração
Kammal João

ROCCO
PEQUENOS LEITORES

Copyright © 2013 by Paulo Gurgel Valente

Direitos desta edição reservados à
EDITORA ROCCO LTDA.
Av. Presidente Wilson, 231 – 8º andar
20030-021 – Rio de Janeiro – RJ
Tel.: (21) 3525-2000 – Fax: (21) 3525-2001
rocco@rocco.com.br
www.rocco.com.br

Printed in Brazil/Impresso no Brasil

ROCCO JOVENS LEITORES

GERENTE EDITORIAL
Ana Martins Bergin

SUBEDITOR
Pedro Afonso Vasquez

EDITORES ASSISTENTES
Luiz Roberto Jannarelli
Milena Vargas
Manon Bourgeade

ASSISTENTES
Gilvan Brito (arte)
Silvânia Rangel (produção gráfica)

REVISÃO
Wendell Setubal

CIP-Brasil. Catalogação na fonte
Sindicato Nacional dos Editores de Livros, RJ.

V249p   Valente, Paulo, 1953-
Pedro e a onça / Paulo Valente; ilustrações de Kammal João.
Rio de Janeiro: Rocco Pequenos Leitores, 2013.
il. – Primeira edição
ISBN 978-85-62500-53-4
1. Ficção infantojuvenil brasileira.
I. João, Kammal, 1989-. II. Título.

13-0546   CDD - 028.5   CDU - 087.5

O texto deste livro obedece ao novo
Acordo Ortográfico da Língua Portuguesa.
Impresso na Gráfica Edelbra Ltda., Erechim – RS.

pedro e a onça

Numa bela manhã ensolarada de sábado, típica do mês de maio no Pantanal mato-grossense, Pedro acordou cedinho mesmo não tendo aula. Quis logo aproveitar o feriado. Contrariando as sábias recomendações de seu avô Francisco, abriu o portão de casa e saiu, sozinho, em busca de aventura.

As terras do Cerrado estão cheias de surpresas. Quem sabe ele descobre um tesouro enterrado pelos antigos bandeirantes na região ou algum outro tesouro escondido pela natureza?

Mas Pedro nem conseguiu ir longe. Encontrou, empoleirado num galho da frondosa mangueira que ficava bem perto de casa, o simpático Tipiti, um pequeno sanhaço cinza-azulado, velho amigo seu.

– Pedrinho! – piou Tipiti. – *Buenos dias*! Está *todo muy* calmo e sereno, aqui de *mi puesto* de sentinela *puedo* te garantir! – informou, fingindo uma bravura muitas vezes maior que seu diminuto tamanho.

Tipiti quase sempre confundia português com espanhol, pois cruzava as fronteiras do Mato Grosso e Paraguai, pelos ares, de tempos em tempos. Pedro, que era um menino esperto e curioso, nem ligava para a pronúncia do Tipiti. Fingia que ouvia porque o velho amigo não tinha muito para contar.

PEDRO TEM 10 ANOS, É RELATIVAMENTE ALTO E FORTE PARA SUA IDADE. É UM MENINO ESPERTO E CURIOSO. GOSTA MUITO DE AVENTURAS, E NÃO TEM MEDO DE NADA, ISTO É, DE QUASE NADA.

GOSTA DE HISTÓRIA E GEOGRAFIA, E JÁ ESCREVEU UMA REDAÇÃO SOBRE MARCO POLO, PARA A AULA DE PORTUGUÊS.

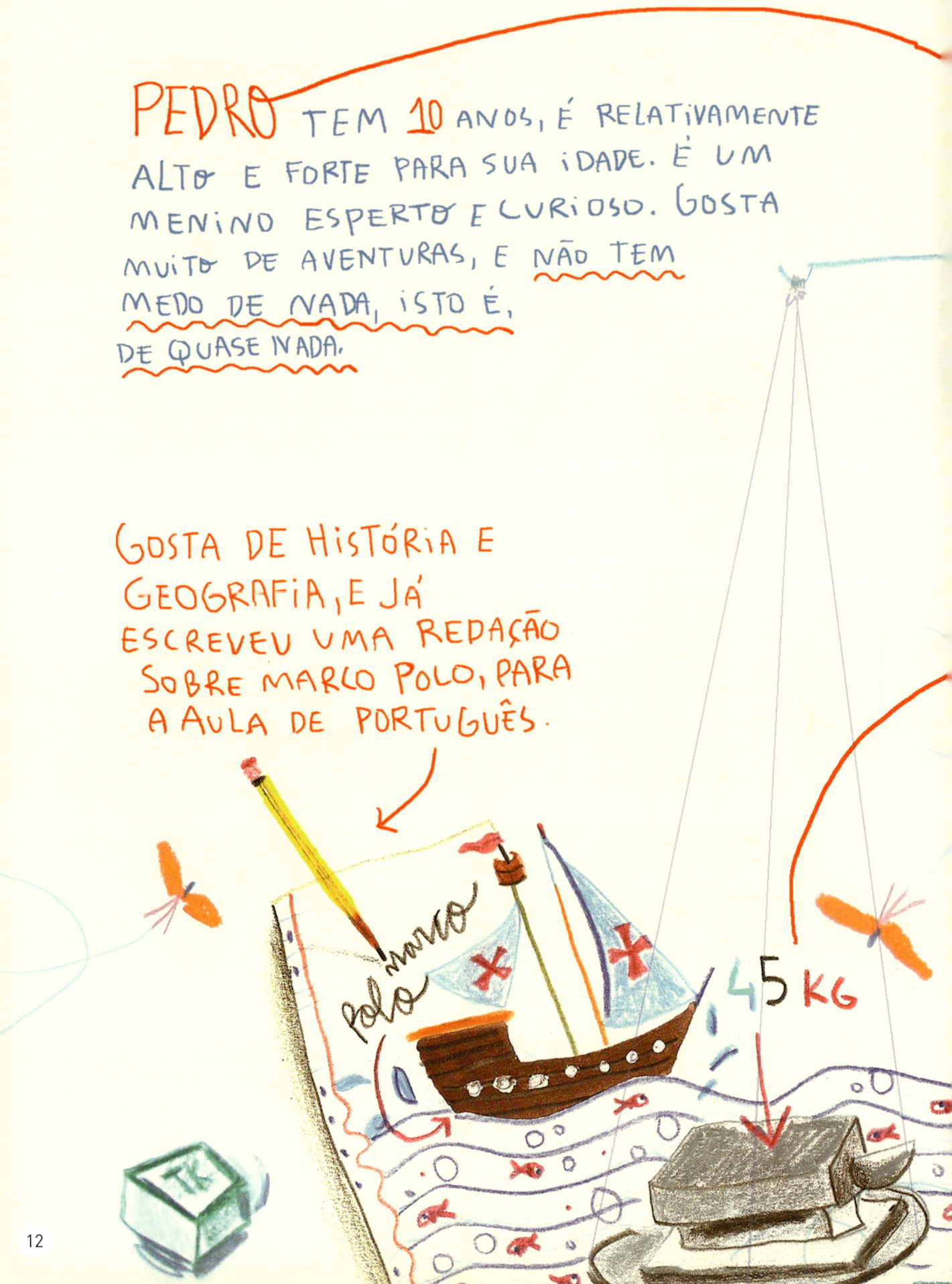

45 KG

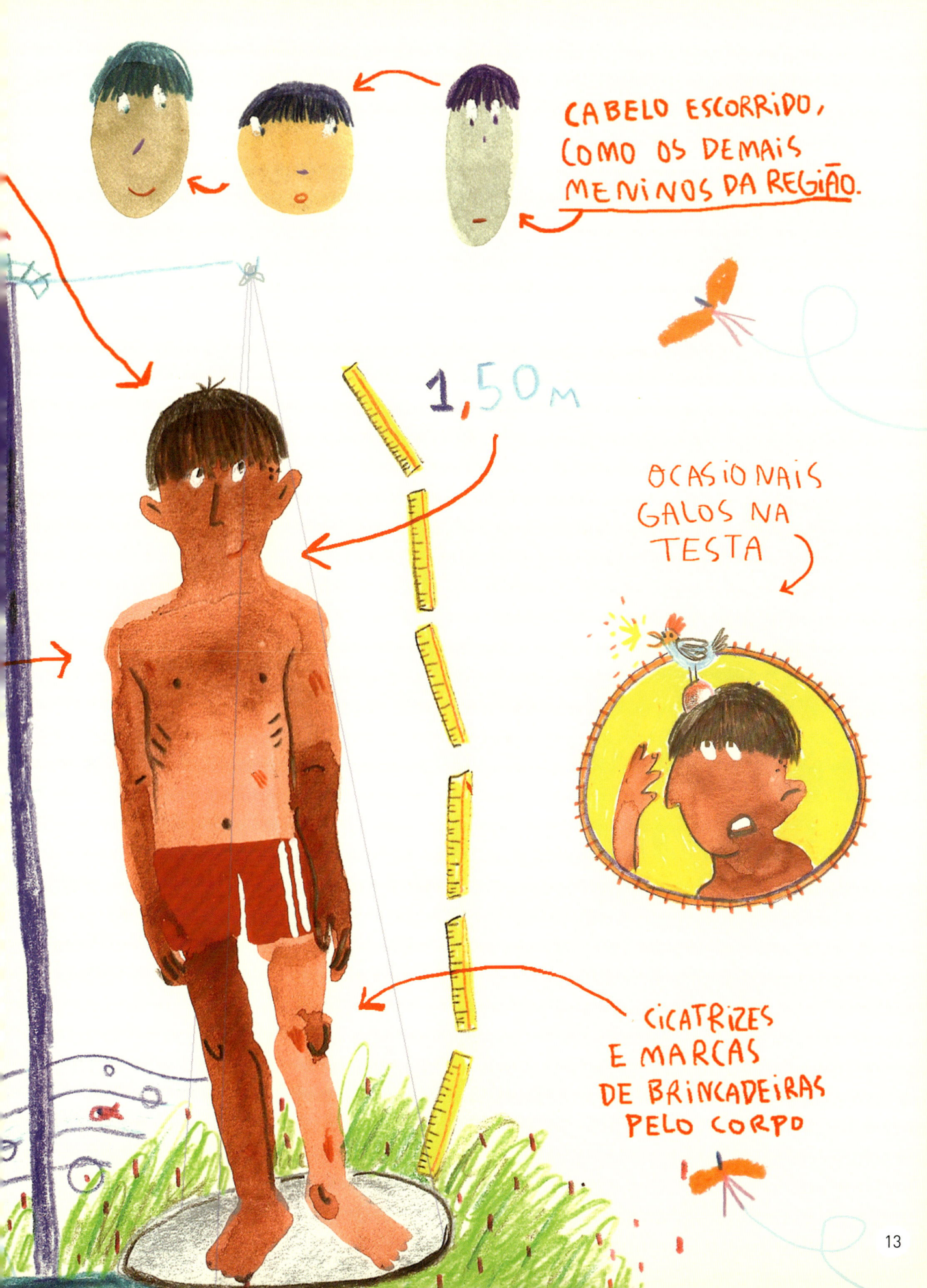

O Velho Jacinto, pato manco do Seu Francisco, quando viu o portão aberto também escapuliu. Com o calor da manhã, ele não resistiu a um rápido e refrescante mergulho no lago à sombra da mangueira.

Jacinto ficara manco após perseguir um jacaré de "dois metros e meio" dentro do lago. Era o que ele contava. A versão mais aceitável, no entanto, é a de que o jacaré é que corria atrás de Jacinto. Mas isso aconteceu há muito tempo, e agora cada um conta como melhor lhe convém.

Tipiti, sempre provocador, quando viu o Velho Jacinto, foi para a beira do lago fazer troça.

– Que espécie de pássaro *es usted* que *ni* sabe *volar*?

– Ora, seu metido, veja só quem pergunta: uma ave que não sabe nem nadar! Você devia respeitar os mais velhos. – Embicando para o fundo do lago, o pato ainda resmungou: – E nem falar português direito ele sabe!

A implicância entre Tipiti e Jacinto continuou: o sanhaço piava piadas, saltitando em volta do lago, enquanto o pato nadava, se refrescando, sem deixar de devolver as palavras de desafio.

Escondido atrás de uma moita, um gato malhado ouvia a discussão entre as duas aves. O gato pensou: "Este passarinho bobo está distraído, brigando. Vou lá, agarro ele e pronto! Meu almoço de hoje está resolvido. Vai ser uma boa, pois estou cansado de tanto dourado e pintado."

Bem devagar, pisando macio com suas patas aveludadas, o gato foi chegando perto, bem pertinho... Mas Pedro percebeu o perigo. Berrou com toda a força, alertando o amigo sobre o ataque do felino.

O sanhaço levou um tremendo susto com o berro e pulou para o galho mais alto da mangueira. Ao ver o gato se aproximar, o Velho Jacinto grasnou enfurecido, tentando, em vão, proteger Tipiti.

Sim, no fundo, apesar de todas as troças, Tipiti e Jacinto eram amigos. Foi na hora do sufoco que a solidariedade entre as aves falou mais alto.

TIPITI, CUIDADO!

Muito esperto, o gato malhado começou a circular em torno da mangueira, avaliando a situação: "Será que vale o esfoço de subir até o último galho da árvore? Hum... quando eu chegar lá, o sanhaço já terá voado longe outra vez."

Naquele instante, Seu Francisco, que descansava na varanda de casa, deu por falta do neto. Preocupado, saiu imediatamente para procurá-lo. Quando viu Pedro próximo à mangueira, ficou enfurecido com a desobediência:

O PANTANAL É MUITO PERIGOSO, MENINO. VOCÊ NÃO PODIA TER SAÍDO SEM PERMISSÃO. SE UMA ONÇA-PINTADA APARECER AÍ, O QUE VOCÊ VAI FAZER?

Pedro não deu muita atenção às palavras do avô. Meninos valentes como ele não têm medo de aventuras.

Conhecedor dos perigos do Cerrado, Seu Francisco preferia evitar qualquer encontro com animais selvagens. Foi até a mangueira, pegou o neto pela mão, levou-o novamente para dentro. Dessa vez, trancou bem o portão.

Logo em seguida, não é que uma grande e rara onça-pintada surgiu do mato denso?

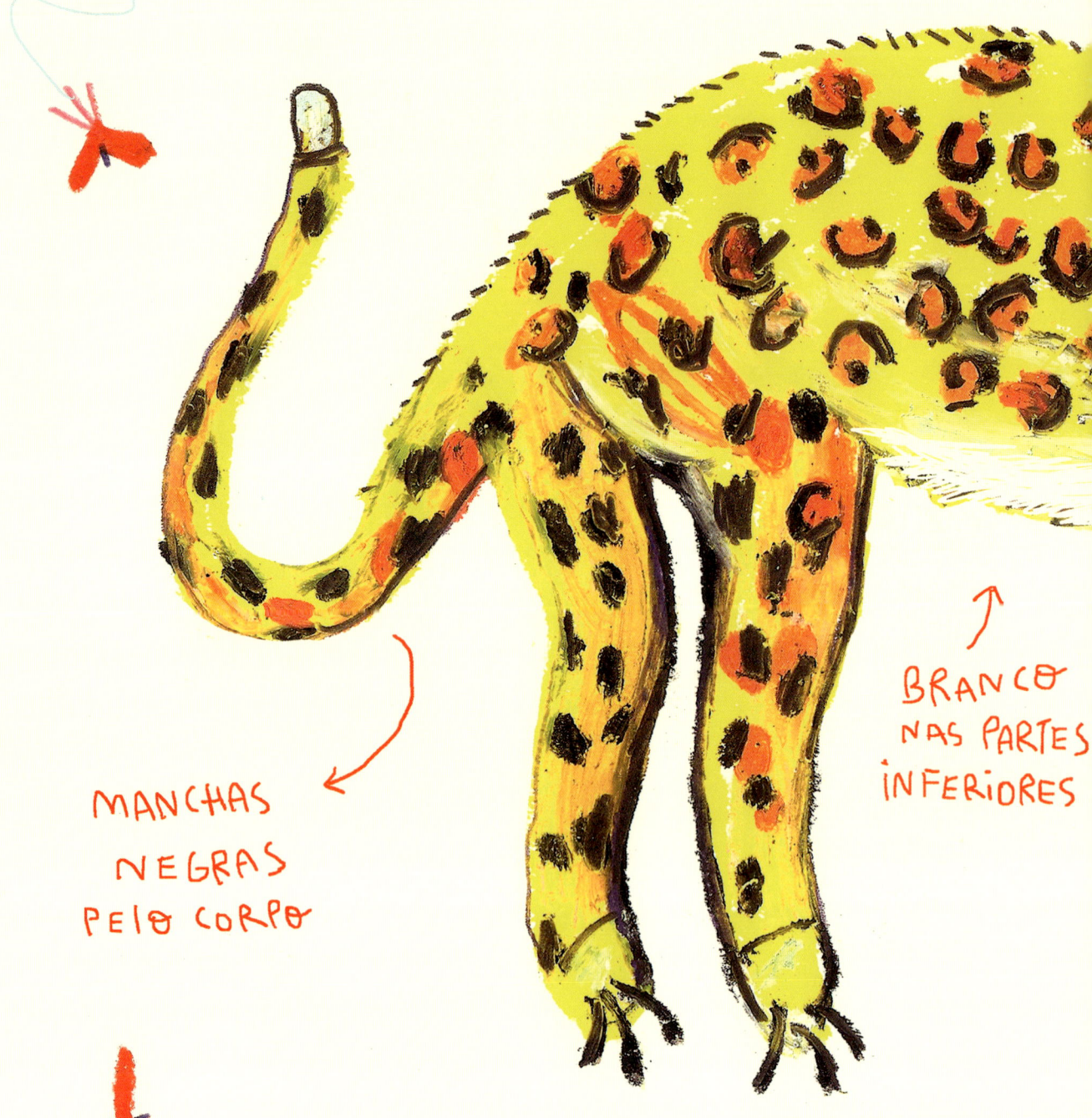

Ao pressentir a presença do outro felino, o gato malhado subiu na árvore num piscar de olhos. Ao contrário do Velho Jacinto, que abandonou o lago com seu andar manco e lento, grasnando muito alto e chamando atenção. À espreita, a onça-pintada foi ágil. Saiu do esconderijo e – NHAC! – engoliu Jacinto de uma bocada só, sem nem mastigar. Tipiti, chocado com o destino do amigo, piava um choro triste.

E assim ficou o cenário: no alto, Tipiti num galho e o gato malhado em outro; embaixo, a onça-pintada rondando a mangueira, de olho neles, ainda faminta. Parece que ter engolido o pobre Jacinto não saciou sua fome.

Pedro, que a tudo assistiu detrás do portão, tratou logo de achar uma solução para impedir mais ataques da onça-pintada. Correu até a casa, pegou uma corda bem forte e subiu o muro de pedras que separava parte do seu quintal da mata perigosa. Aproveitou que um dos galhos da mangueira passava por cima do muro, de modo que foi relativamente fácil subir em silêncio até bem alto e aguardar o melhor momento para prender o felino.

Com ares de maestro, Pedro comandou o Tipiti:

– Vá voar em torno da onça para distraí-la, mas tenha muito cuidado, senão ela te pega!

Tipiti voou em círculos, quase encostando as asas na orelha da onça. Irritado, o bicho faminto soltava fortes rugidos cada vez que tentava, sem sucesso, atingir o pequeno sanhaço com as patas para abocanhá-lo. Mas Tipiti era muito veloz e esperto, e a onça, apesar de poderosa, nem chegava a encostar nele.

Enquanto a fera era provocada, Pedro deu um laço na corda, fazendo-a descer junto ao tronco. A corda foi descendo e descendo, até que – ZAPT! – o menino conseguiu laçar a onça pelo rabo.

Pedro puxou a corda com toda a força e amarrou a outra ponta no galho mais forte da mangueira. Sentindo-se presa, a onça começou a pular enlouquecida na tentativa de se soltar. Porém, quanto mais pulava, mais forte a corda prendia o seu rabo.

Nesse instante, dois caçadores que seguiam os rastros da onça saíram de dentro da mata atirando a esmo.

Pedro, do alto da árvore, gritou:

– Não atirem, Tipiti e eu conseguimos laçar a onça! Precisamos da ajuda de vocês para devolvê-la ao Pantanal!

Quando tudo se acalmou, teve início o bizarro cortejo. Pedro ia à frente, seguido pelos dois caçadores que carregavam a perigosa fera. Seu Francisco, que mais uma vez havia corrido em direção à mangueira, em busca do neto, vinha logo atrás. E, por último, o gato malhado, contente por não ter virado almoço de onça. Em volta deles, Tipiti voava em zigue-zague, comemorando.

Seu Francisco, orgulhoso da esperteza e valentia do neto, pensou: "O que teria acontecido se Pedrinho não tivesse laçado a onça? Nem quero imaginar!"

Quem prestasse bem atenção, podia ouvir o Velho Jacinto grasnando na barriga da onça, que, na pressa de comê-lo, engoliu o pato manco ainda vivo...

Mas logo, logo, com a ajuda de todos os amigos, Jacinto se livrou da onça, voltando a nadar – e agora com mais uma aventura para contar.

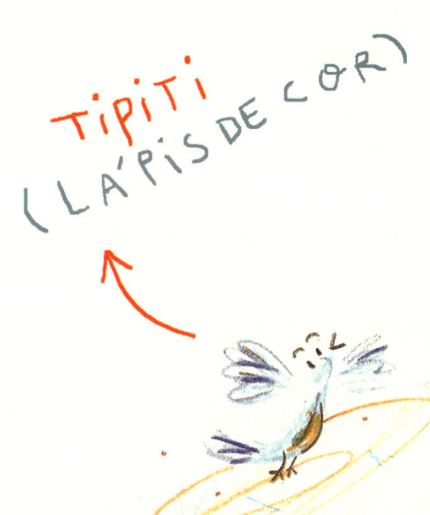

JACINTO
(COLAGEM)

TIPITI
(LÁPIS DE COR)

GATO MALHADO
(PINTURA DIGITAL)

ONÇA
(PASTEL OLEOSO)